# A PARIS

ON RIT, TU RIS, ET MOI-MÊME JE RIS,

**CHACUN RIT! C'EST UN VRAI DÉLIRE!**

**ET JE BRISE MA LYRE**

EN ÉCLATANT DE RIRE!!

PARIS

IMPRIMERIE DE A. LAINÉ ET J. HAVARD

Rue des Saints-Pères, 19

1867

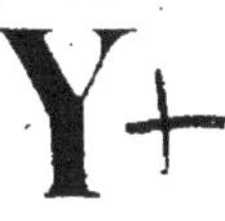

COMTE DE CHOISEUL-DAILLECOURT

# ÉPIGRAMMES

# POÉSIES SATIRIQUES

DEUXIÈME PARTIE

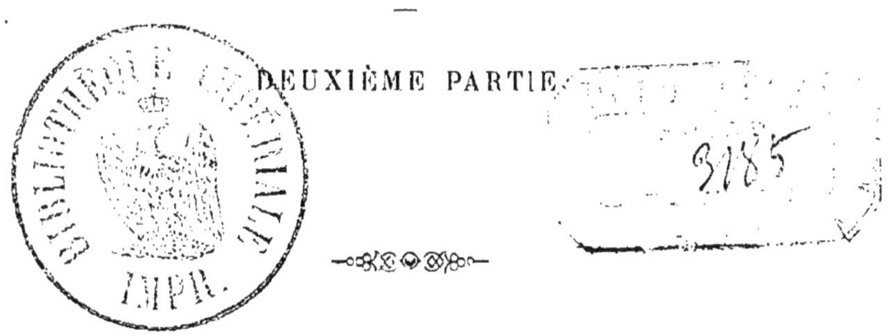



PARIS
LIBRAIRIE DE AD. LAINÉ ET J. HAVARD
Rue des Saints-Pères, 19.

TIRÉ A 500 EXEMPLAIRES :

10 sur papier vergé,
5 sur papier de Chine.

Paris. — Imp. de Ad. Lainé et J. Havard, r. des Saints-Pères, 19.

## AUX LECTEURS

Dites-vous, cher lecteur,
En tournant chaque page
Ceci n'est que pur badinage ;
J'en suis prévenu par l'auteur.

## ÉPIGRAMME

Veux-tu plaire, étranger, aux femmes de Paris ?...
Ris...
De leurs maris.

# LE RUSSE ET L'ANGLAIS A PARIS
## EN 1867

### LE RUSSE.

A Séville, j'ai vu bien des yeux bruns ou noirs
De femmes ou de filles,
Scintiller tous les soirs
Sous les mantilles.

Puis j'ai vu les Romains,
Battant des mains,
Applaudir au théâtre
Les danseuses de Grèce, aux épaules d'albâtre.

En Autriche, j'ai vu plus d'un œil bleu, si doux,
Et plus d'un cœur si tendre,
Que je crus, entre nous,
Un jour, me laisser prendre.

J'ai vu plus d'une Anglaise, avec de blonds cheveux,
A la démarche altière.....
J'aurais fait, je crois bien, tout le tour de la terre ,
A chaque endroit portant mes vœux ,
Si je ne t'avais vue, ô charmante Française !...
Écoutez-moi, milord, et mettez-vous à l'aise :

La Française a de l'esprit,
Comme aucune, elle sourit ;
De son maintien, de sa grâce
Certes ! je ne parle pas ;...
On répète à chaque pas :
Nulle autre ne la surpasse,
Et son goût est si parfait,
Qu'on murmure stupéfait :
Sans égale est la Française !

L'ANGLAIS.

J'aime fort qu'elle vous plaise;
Seulement son air moqueur
Ne me va pas droit au cœur.
Quels regards sous sa voilette !...
Je crois bien qu'à sa toilette
Sont dus ses brillants succès,
Et qu'elle est un peu coquette.

1.

LE RUSSE.

Non, milord, c'est un excès
D'extrême délicatesse
Qui vient saisir votre altesse ;
Car tout ce qu'elle a reçu
De beauté, d'esprit, de grâce,
Jamais elle ne l'a su. —
En ruses elle dépasse
Les ministres et les rois,
Rien ne résiste à ses lois ;
Chacun est mis à sa place,
Ne laissant que l'homme adroit
Entrer dans son cercle étroit.

Aimez la brune ou la blonde,
Admirez les noirs cheveux,
Les petits ou les grands yeux ;
Vous chercheriez par le monde,
Vous chercheriez bien en vain,
Une si gentille main.
Un pied si vif, si mutin.....

Ah ! fermez votre persienne !
Vous ne savez pas, milord,
Combien vous brûle et vous mord

C'était un maintien de reine !
Et, sans même le vouloir,
Mon cœur se prend et m'entraîne...
Adieu ! le soleil du Mans ! —
Et voilà, milord, cinq ans
Que je vais, portant ma chaîne ! !

L'ANGLAIS.

Ceci n'est pas déplaisant !
Moi, qui ne viens qu'en passant,
Je ne crains pas une jupe
Et je ne serai pas dupe
D'une femme de Paris. —
Je respecte les maris.

LE RUSSE.

Cela n'est point une affaire !
Je vous confie, entre nous,
Qu'on ne voit pas de jaloux
Et que sans trouble on peut faire
A ces dames les yeux doux.

L'ANGLAIS.

Je croyais, moi, que les filles
Ne pouvaient danser au bal
Que de modestes quadrilles?
Valser en France est un mal!
L'usage, quoique sévère,
Me plaisait. — Voyant la peur
Qu'avait une tendre mère
De voir effeuiller la fleur
Qu'elle cultivait en serre,
Je me disais: — A Paris,
On soigne bien les maris!
Et si jamais je prends femme,
Je l'épouse à Notre-Dame.

LE RUSSE.

Vous seriez digne de blâme!
Et ce serait un grand tort,
Que vous auriez là, milord.
Si parfois la jeune fille
Est séduisante et gentille,
Si des ruses de l'amour
Elle ignore le détour;

Elle y met bien de l'adresse
Et reprend souvent son tour
Lorsqu'elle devient comtesse.

L'ANGLAIS.

Ah ! vraiment, j'en suis marri !
Il faut perdre l'espérance
De se marier en France !...
Mais que fait donc le mari,
En semblable circonstance ?

LE RUSSE.

A Paris,
Les maris
Pour ne rien dire,
Feignent de rire. —

A PARIS,
On rit, tu ris, et moi-même je ris ;
Chacun rit ! — c'est un vrai délire !...
Et je brise ma lyre,
En éclatant de rire !

## LE CAPITAINE DE NAVIRE

Je connaissais à Lorient
Un capitaine de navire ;
C'était pour sûr un bon vivant,
Aimant à boire, aimant à rire.
Un jour, pour s'être mis au vent,
Il fut pris d'une affeuse angine ;
De suite il demande un docteur,
Mourir au lit lui faisait peur.
« Voyez, dit-il, j'ai grise mine,
De suite il faudrait me guérir,
Car je veux, avant de partir
Pour mon grand voyage de l'Inde,
Manger encor plus d'une dinde. »

Le bon docteur fait de son mieux,
Il donne force limonade,
Pour rafraîchir son cher malade.
Celui-ci jure ses grands dieux
Qu'il ne peut vivre d'orangeade,
Qu'un docteur est un animal
Qui ne fait qu'augmenter le mal,
Et qu'on devrait purger la sphère
D'un aussi dangereux compère.

. . . . . . . . . . . .
. . . . . . . . . . . .
. . . . . . . . . . . .
. . . . . . . . . . . .

Or, pour se guérir le larynx,
Il s'en va tous les soirs à terre,
Avaler plus d'un petit verre
Au café chantant du Grand-Sphinx.

Mais la terrible maladie
Suit, hélas ! son funeste cours ;
Bien que durant les nuits, les jours,
En buvant, il y remédie.

Maudissant donc son triste sort,
Le cou garni d'une futaine,
Notre malheureux capitaine
Fumait la pipe sur son bord.

Soudain, il voit une nacelle.
« Qui vient me troubler en ces lieux ?
Ah ! dit-il, c'est quelque donzelle
Qui veut me faire ses adieux.

Mais non, ce n'est point une femme ;
Parbleu ! c'est, je crois, mon docteur !
Que veut encor notre amateur ?
Morbleu ! c'est bien lui, sur mon âme !

« Capitaine, avant de partir
Veuillez régler mes honoraires,
Pour les remèdes salutaires
Dont j'ai cru devoir vous nantir. »

Coquin ! d'aborder mon navire
Qui t'a donné permission ?
Pour une telle infraction
Je vais t'ôter le goût de rire.

M'as-tu guéri, maudit docteur,
Avec tes fraîches limonades ?
Tu n'es qu'un méchant radoteur
Qui fais mourir tous tes malades.

Oses-tu bien, vilain farceur,
Venir parler de ton salaire ?
Si tu me fais mettre en colère
Prends garde à toi, fichu blagueur !

Cela commence à me déplaire !
Tu vas dans peu changer de ton.
— Donnez vingt-cinq coups de bâton
A ce monsieur — pour honoraire.

Ce qui fut dit, fut vite fait;
Et ce fut pour tout l'équipage
A coup sûr, d'un fort bon effet;
Car pendant ce lointain voyage
A bord chacun se montra sage.

Passager, mousse et matelot
  Au moindre signe
  Ne soufflaient mot,
Obéissant à la consigne;
Car l'on avait, ma foi! grand'peur
D'être traité comme un docteur!

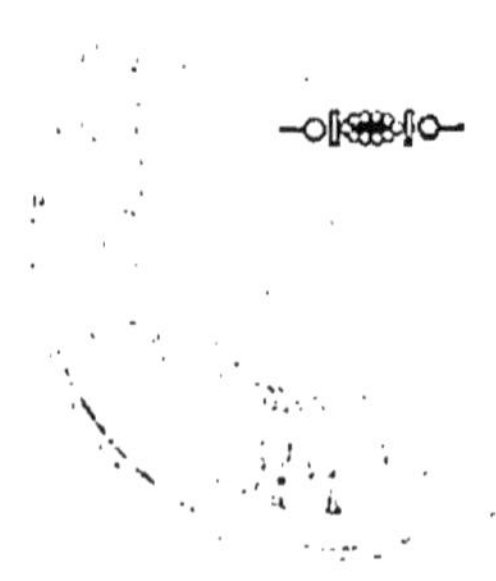

## SUR LA MÉDECINE

Mon chien a mal à la patte,
Faut-il prendre un allopathe ?
Ou bien un homœopathe ?
L'un fera crever mon chien
Et l'autre n'y fera rien ;
Guéris-toi tout seul, mon chien,
Et dans peu tu seras bien.

-o-

## ÉPIGRAMME

Oui, grâce aux médecins, à leurs poisons affreux
J'y voyais bien d'un œil, je n'y vois plus des deux.

## ÉPIGRAMME

J'aime ! et pour mon amant je donnerais ma vie !
Disait un soir Sylvie.
Que ferez-vous de plus, repartit l'un de nous,
Pour monsieur votre époux ?

## ÉPIGRAMME

Celui qui se fie
A femme jolie,
Parbleu ! m'amuse et m'édifie !
Et toi, — qu'en penses-tu, Délie ?

## SUR MON DOCTEUR

Oh ! prenez mon docteur, madame ;
Il n'est ni trop prompt, ni trop lent ;
Aussi, sur lui, point d'épigramme,
Car il me tue avec talent.....

## ÉPIGRAMME

Le bon docteur Anterre
Est nommé médecin du nouvel hôpital ;
Le fait est capital !
On agrandit aussi pour ça le cimetière.

## SUR LES REMÈDES

« Plus on écure un vieux chaudron,
Plus on l'use ; »
Disait mon curé de canton.
« Des remèdes point je n'abuse
De peur de souper chez Pluton. »
Oui, mon pasteur avait raison,
Je le sens bien, tout remède use.

# DIALOGUE

## ENTRE DEUX MÉDECINS

Dans quel savant auteur
As-tu trouvé, docteur,
Le moyen de garder tous tes clients malades ?
— J'administre sirops, pilules, limonades,
Qui, guérissant un mal,
En donnent plusieurs autres.
— Je suis un vrai butor, un sot, un animal !
J'allais guérir les miens ! oh ! je serai des vôtres.

## MARIS ET FEMMES

On dit que les maris
Battaient leurs femmes
Au temps jadis;
C'est vrai, mesdames.
Mais tout change vite à Paris;
Car ce sont maintenant les femmes
Qui parfois battent leurs maris.

## VIEUX DICTON NORMAND

Celui qui croirait seul avoir
Une jeune et charmante femme
En son pouvoir,
Serait aveugle, sur mon âme!

## SUR LES MÉDECINS

Les médecins me mettront vite en terre;
Je ne veux pas rendre mon âme à Dieu
Sans leur dire ce mot d'adieu :
Gardez-vous, mes amis, de leur sot ministère,
Si vous voulez rester sur terre.

## FEMME SAVANTE

Un grand auteur disait : « J'aimerais cent fois mieux
Passer toute ma vie avec une servante,
Qui me soignerait bien lorsque je serais vieux,
Qu'avec certaine femme orgueilleuse et savante. »

## AMOUR CONJUGAL

### D'UNE PAYSANNE

Je prends part à votre malheur
D'avoir perdu votre digne homme ;
Il avait, mon Dieu ! si bon cœur
Que chacun l'estimait en somme. —
— Et puis, mon cher monsieur, pour notre dur labeur,
Il valait presque autant qu'une bête de somme !

## AMOUR CONJUGAL

### D'UN PAYSAN

Eh quoi ! mon pauvre Nicolas,
Vous avez perdu votre femme ?
— Hélas ! oui, cher monsieur, hélas !
J'en pleure de toute mon âme,
Et, comme tel ou tel, je ne dis pas : Tant pis !
Car elle pétrissait si bien notre pain bis !

## ÉPIGRAMME

Oui, j'ai vidé la coupe de la vie
Jusqu'à la lie ;
Et je n'ai nulle envie,
O ma chère Délie,
De faire la folie
De ramasser le vieux manteau d'Élie.

## ÉPIGRAMME

Pour passer à leur aise un seul mois à Paris,
Certaines femmes de province,
Vendraient leurs chers maris
Pour un prix assez mince.

## HIVER 1866

Dieu vous préserve, mes amis,
D'un hiver, d'un printemps semblable
A dix-huit cent soixante-six !
Cette année était lamentable !

La brebis crevait dans l'étable
Auprès de son petit agneau,
Et le plus fin gourmet à table
Ne pouvait boire que de l'eau.

En janvier grondait le tonnerre,
La foudre, et l'éclair bien souvent
Se mêlait à la grêle, au vent;
Les trombes dévastaient la terre.

Parler des désastres sur mer,
Serait un sujet trop amer!
On vit alors plus d'une amante
Pleurer, s'arracher les cheveux
En maudissant cette tourmente
Qui trahissait tous ses aveux.

Je vis un chêne centenaire
Se briser sans préliminaire;
Une marquise octogénaire
S'endormir un soir poitrinaire.

Une Française de vingt ans,
Pourriez-vous le croire, madame ?
Je vous le dis sans épigramme,
Aima deux mois — ses trois amants!

Aussi chacun mourait sur terre,
Le choléra tuait le père,
Le lendemain, c'était la mère,
Un jour la sœur, un jour le frère.

Dieu vous préserve, mes amis,
D'un hiver, d'un printemps semblable
A dix-huit cent soixante-six !
Cette année était lamentable!

# LE POÈTE

## ET L'HOMME DE PROGRÈS

On ne lit plus de vers
En France,
Laissez-là ce travers,
On vit plein d'espérance
D'un heureux avenir.
— Mais c'est long à venir,
Dis-je à mon philanthrope,
Et sans rime, ni trope,
J'aime fort le présent.
— Cela, me dit-il, sent
Un peu trop l'égoïsme;
Tel est mon catéchisme. —

— Je vous dirai tout bas que j'accepte un présent,
Sans faire comme un tel qui crie au despotisme.
— Mais l'avenir! mon cher, voyez-vous, l'avenir!...
Heureux nos descendants qui le verront venir!...
— Voulez-vous en finir
Avec votre avenir?
Pour moi, je ne vois rien venir;
Pas même cette rime,
Avec laquelle je m'escrime.

# SATIRE

## CHAQUE PAYS A SES USAGES

L'an mil-huit-cent-soixante-trois,
J'errais à travers l'Allemagne;
    C'était, je crois,
    Le jour des Rois;
Je bus dix verres de champagne !

Or, me trouvant de bonne humeur,
Je cherchais l'extrême faveur
De complaire aux plus belles dames,
En leur glissant de légers blâmes
Sur les défauts de leurs maris,
Comme c'est la mode à Paris.

Mais je vis, à leur mine,
Que j'avais exploité
Une mauvaise mine;
Vainement j'aurais convoité
D'effleurer en passant l'hermine
D'une pelisse aux plis discrets,
Gardienne de leurs attraits.

Le dédain sur leur visage
Me parut charme nouveau ;
Et je me dis : Ah ! tout beau !
Il serait peut-être sage
De s'informer quel usage
Règne en ce bon vieux pays...
Ce n'est plus comme à Paris !

. . . . . . . . . . .
. . . . . . . . . . .
. . . . . . . . . . .
. . . . . . . . . . .

Et je fus ravi d'apprendre
Qu'il existait un pays
Où les femmes au cœur tendre
N'aiment rien que leurs maris.

Comme il faut à tout s'attendre,
Je ne serais pas surpris,
Un de ces matins, d'apprendre
Que c'est de même à Paris.

## PROPOS D'IVROGNE

Ah ! mon ami Grégoire,
Te voilà déjà soûl !
N'ayant jamais un sou,
Comment oses-tu boire ?

— Parbleu ! c'est justement
Pour ça que j'aime à boire !
Ainsi je puis me croire
Riche, — pour un moment.

## RÉPONSE PLAISANTE

### A UNE DAME AU SUJET DU MOT ÉPOUX.

Pourquoi donc, me disait une femme charmante
Un de ces derniers jours,
Mettre en vos vers toujours
Le mot fort peu moral et d'amant et d'amante?
Il vaudrait mieux pour nous,
Déjà vieux mariés, lire le mot d'époux. —

Vos paroles, comtesse,
Sont pleines de justesse
Et si parfois mes vers
Vous paraissent pervers,
Maudissez-en la rime
Qui toujours nous opprime. —
— Mais pourquoi donc époux
Ne veut-il bien rimer qu'avec le mot jaloux?

# ÉPIGRAMME AUX MARIS

Pauvres maris! vous n'avez pas de chance,
Du moins en France;
Ne voilà-t-il pas qu'époux
Rime avec hiboux,
Jaloux et verroux,
Puis avec courroux
Et bien pis encore
Et tel mot sonore,
Que chacun abhorre!
Tandis qu'un amant
Rime avec charmant,
Galant et constant.

Si vos épouses légitimes
Choisissent quelquefois les rimes
ANT pour OUX,
Entre nous,
Ne vous fâchez pas, chers époux;
C'est preuve de bon sens et de délicatesse
Elles aiment en vers des rimes la richesse,
Leur excellent goût
Répugne après tout
A telle ou telle rime en OU.

## MADAME CHASSE ! MONSIEUR FUME !

N'est-il pas vrai, madame,
Qu'à la campagne, aux eaux, je crois même à Paris,
La femme devient homme et l'homme devient femme?
Regardez un peu ces maris !
Tandis que dans les bois, les taillis et les landes
Vous chassez la perdrix, le faisan, le pivert
Qui font de leurs duvets à vos robes des bandes ;
Ils jettent les louis sur quelque tapis vert.

Ils fument leur cigare
Sur le seuil des cafés ;
Puis s'en vont à la gare,
Sur l'oreille coiffés ;
Vous réclamer après la chasse, —
En demandant : Quel gibier passe ?
Et ce que fait le chien d'arrêt
Dans les tirés de la forêt ? —

Mais à votre réponse,
Le mari fronce
Son noir sourcil...
Il eût mieux fait, parbleu ! de prendre son fusil !....
C'est souvent hors des bois que se trouve la ronce.

## RÉPONSE

### A CES DAMES

Eh quoi ! cher monsieur, vous, amateur de chevaux,
De courses et de sport, avec vos épigrammes
Vous voulez nous priver, nous autres pauvres femmes,
Des plaisirs de la chasse émouvants et nouveaux ?

Non pas, comtesse !
J'aime trop à voir, pour ma part,
Se dérouler la longue tresse
De vos cheveux, lorsqu'un cerf part.

J'aime trop à voir la justesse
Et la prestesse
De votre coup,
Quand passe un loup ;

A voir votre démarche fière,
A voir votre air si gracieux,
A voir s'animer vos grands yeux,
Lorsqu'à travers champs et bruyères,
Bosquets, taillis et clairières,
Vous poursuivez le soir très-tard
Un vieux renard.

Aussi mon épigramme,
Madame,
N'est pas pour vous;...
Demandez-en le sens à monsieur votre époux.

## MIEUX VAUT RIRE QUE PLEURER!...

J'aime beaucoup Mathusalem,
Lui qui vécut neuf cents automnes
Sans trouver les jours monotones ;
J'aime beaucoup Jérusalem.
(Ceci peut-être vous étonne ?)
Apprenez donc que Salomon
Y conservait plus d'une tonne
D'une liqueur de grand renom.

Puis il avait plus d'une femme ;
On en comptait sept cents, je crois,
Qui briguaient sa royale flamme ;
Et maintenant nos pauvres rois
Sont décriés, couverts de blâme,
S'ils ont deux amours à la fois.

Voilà qui me paraît injuste !
Or, qu'en dirait le vieux Salluste,
L'impartial historien ? —
Qui sait, mon Dieu ! peut-être rien,
Surtout s'il vivait à l'époque
Où nous sommes ; chacun invoque
Les principes et le bon droit,
Mais fort peu de gens marchent droit ;
C'est le beau temps de l'équivoque.

Que conclure de vos discours ?
Pourra me dire une dévote ;
Vous blâmez les rois et les cours,
Du jury vous blâmez le vote
Et vous riez de nos amours.

De peur qu'il ne me prenne envie
De pleurer, de tout je me ris,
De la province et de Paris,
Et d'Isabelle et de Sylvie,
Du jeu, du sport et des paris,
Parfois encor de mes amis.
Rire, c'est ma philosophie !

# ÉPIGRAMMES SUR ÉPIGRAMMES

Quand donc, dites-vous, belles dames,
Finirez-vous vos épigrammes ?
— Tant qu'on verra des médecins
Conserver leurs clients malsains ;
Tant qu'on verra l'homme et la femme,
Sans esprit, sans cœur et sans âme ;
Tant qu'on verra des écrivains
Corrupteurs, ignorants et vains ;
Qu'on aura des filles coquettes
Qui chanteront à leurs amants,
Fort peu soumis, fort peu constants,
Mille refrains, mille sornettes ;
Qu'on aura des maris jaloux
D'un maintien toujours aigre-doux ;
Sans cesse je ferai, mesdames,
Épigrammes sur épigrammes.

# ÉPILOGUE

Chers lecteurs, d'après cet écrit,
Ne croyez pas que la Française,
Parce qu'elle a beaucoup d'esprit,
Soit plus coquette ou plus mauvaise
Qu'une Allemande, ou qu'une Anglaise.

Toutes les femmes ont leur prix;
Et tous, nous en sommes épris!
Je les adore et les admire,
Et dépose à leurs pieds mes chansons et ma lyre.

Et vous, maris,
Dont quelquefois je ris,
Prenez vos aises
Etendus sur vos chaises...
Voici venir le doux printemps
Adieu la ville pour les champs !

— J'abandonne la plume
Jusqu'à l'époque des autans. —
Peut-être mon second volume
Paraîtra-t-il avant deux ans. —
Dormez en paix, dormez ! — Fumez votre cigare
Mais alors — gare !

## JUSTIFICATION

Vous blâmez la France
Parfois dans vos vers;
Avec ces discours pervers,
Vous n'aurez nulle créance.

— Croyez-vous qu'un Français pût chanter ses revers?
En blâmant mon pays j'ai la ferme espérance
De le voir un beau jour corriger ses travers;
Sans quoi je garderais le plus profond silence.

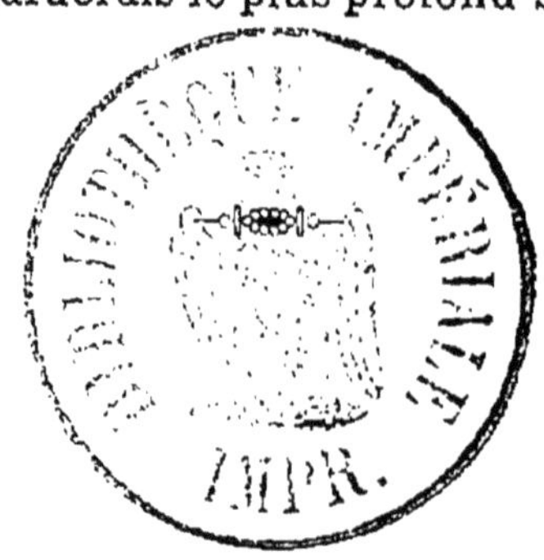

www.ingramcontent.com/pod-product-compliance
Ingram Content Group UK Ltd.
Pitfield, Milton Keynes, MK11 3LW, UK
UKHW020441230726
13925UKWH00004B/1774